청어詩人選 242

해맞이 광장의 공정

신중혁 시집

도서출판 청어

해맞이 광장의 공정

신중혁 시집

시인의 말

여섯 번째 시집을 상재한다. 오 년만이다. 자연을 바탕으로 한 고향 상실의 아쉬움이 기저에 깔려 있다. 문명의 확산에 따른 벅찬 변화에 부대끼기도 하지만 작품을 통하여 실험적인 시작(詩作)을 모색하거나 현실 참여적 저항시를 시도한 기억은 없다. 시국 이야기가 섞여 있으나 유권자의 관심 정도라고나 할까. 표제 시「해맞이 광장의 공정」은 분배의 문제를 부각시키려 했다. 현실 속에서 일어나는 여러 문제의 발단은 분배의 불공정에서 비롯된다. 분배는 재화가 중심이 되겠지만 직설적으로 이야기하면 먹고 사는 문제다.

신앙을 소재로 한 시가 자리하고 있다. 평소 생활에서 '생각과 말과 행위'로 가르침을 따르려 한 그대로 살아갈 것이다. 원주에서 생활한 2년은 신앙생활 면에서 또 다른 체험을 한 시기였다. 풍수원성당, 용소막성당을 둘러보면 새삼 경건함을 느끼게 된다. 나이 들어가면서 이웃 사랑을 행동으로 옮기는 일에 정성을 쏟을 것이다. 이 시점에서 작품을 쓰는 일 말고는 위로를 받을 곳이 없다.

양이 문제가 되는 것은 아니지만 과작(寡作)인 편이라 선집을 꾸리기에도 넉넉지 않다.

매사에 적극적이지 못한 태도에 대해 문단의 질정(叱正)을 감수할 것이다.

차례

2부 자비심

3부 물길을 따라가면

4부 새 풍속도

5부 해질녘의 낚시

6부　기도와 기도 사이

1부

봄이 오는 길목

냇가 자갈밭
보호색 알을 품고 있는 물새의 은근한 눈빛
만월로 가는 달빛 아래
온갖 생명이 숙덕거립니다

봄 · 설명회

산수유, 생강나무와 함께
맨 앞줄에 앉았다, 노란 조끼를 입고
개나리 진달래가 뒤통수를 읽겠다
뭉그적거리는 성격 하고는 많이 다르다
가는 귀 먹어서 앞줄밖에 없다
봄을 달달 외기라도 하겠는데
그림을 그리지 못한다
맞춤형 정원, 찾아가는 풍경이 대세다
광고지를 받아서 통로에 앉고
가로수 버팀목의
구박을 비집고 나온 민들레는
질의가 아니라 항변이다
복사꽃 흐드러져도 들을 수 없는 소리
호드기, 노고지리의 노래

봄이 오는 길목

봄이 오는 길목에서
당신의 영을 보았습니다
실버들 가지 움 트고
냇가 자갈밭
보호색 알을 품고 있는 물새의 은근한 눈빛
만월로 가는 달빛 아래
온갖 생명이 숙덕거립니다
판공 때 손빨래로 세탁한 홑청을
마음에 시치고
그 이불을 덮고 잠을 청했습니다
잠결에, 주간 첫날 무덤에 안 계신다고
수런거리는 소리를 들었습니다
그런데, 당신 영은 하마
저잣거리를 돌아
난전에서 봄나물을 놓고 앉아 있는 노파에게
말을 걸기도 하고
요양 병원 병상 앞에서는
가운을 입고 환우의 머리를 짚어 보십니다
후진 곳을 돌아보시느라
입었던 옷은 십자나무에서 눈부십니다

봄동

정말 사서 하는 고생이 있을까
모진 추위, 삶의 끈을 당기며
다짐하는 것이겠지
정다운 이웃들 가으내
몸집 불려 채마 밭 떠났다
살림살이, 한 자락 올려 덮으면
발이 나온다, 이 겨울에
장롱 벽을 두드리면 합판 소리 들리고
로제트 형으로 자라면서
깊숙이 감출 귀중품 하나 없다
그래도 손자들 세뱃돈 꼽쳐 넣은
복주머니 하나는 지니고 산다
해동하면 초련김치 담그거나 겉절이 무쳐
밥상에 손자들 그득히
입맛 돋울 것이다

수석(壽石)의 행적

어느 사랑채에 뒹구는
돌 한 덩이를 들어다
첨벙, 도로 갖다 놓았다
물결이 반색하며
그의 어깨를 돌아 춤을 춘다
귀에 익은 망향(望鄕)의 노래를
오늘은 보청기 없이 눈으로 엿듣고 있다
자연을 옮겨왔다고 가꾸던 손도 가고
다행히 소유의 문턱을 넘지 않았다
큰물 지지 않으면 여생은 순탄할 것이다

우두령 진달래

강릉 가는 길 어디쯤
동해 벼랑 철쭉
한 다발 꺾어 바칠 때
수로부인 안면에 스쳐간 수줍음
덧니 가리고 웃던 그 모습
영산홍 질펀한 언덕에서도
볼 수 있을까
영변 약산 진달래
변덕스런 날씨 봄비 오는데
우산(핵) 받치지 않아도 괜찮을까
우두령 고개
해마다 오붓한 진달래 마을
혈통의 고삐 사려 얹고
뒷짐 지고 내려올 수 있을까

여름

장마 주춤하고
팔을 뻗쳐
구름 한 자락
산허리에 둘렀다
거울 앞에서
매미 날개 같은 옷 입어 보고
산수도를 떠 올렸다
입던 옷 종이 가방(쇼핑 백)에 담아
거울에 요리 조리 몸매 돌려보면서
모처럼 모녀 이야기로
종이봉투가 불룩하다
풍성한 여름
초록이 넘쳐나는 산, 산

우이천 잉어

소금쟁이, 달밤에
내를 건너는 꿈을 꾸었다
더러는 길섶 억새 밑동에 기대어 눈을 붙이지만
이 많은 식구가 어디서 묵으랴
이대로 한뎃잠을 잘 수밖에 없다
촌수나 혈연이 뒤섞여 넘쳐난다
끼니는 튀밥으로 때우고
뻥튀기에 익숙한 듯 뻐끔거린다
경을 몇 번씩이나 들어도
바람에 섞여 날아가 버리고
귀를 기울여 가르침을 모을 귓불이 없다
어릴 적 웅덩이 물고기는
발자국소리만 나도 숨이 찼는데
생태계가 품성조차 뒤바꾸는가 보다
덩치 큰 놈이 수염을 달고
주변을 어슬렁거린다
중간쯤에는 새로 줄을 서는지 미동이 있는 것 같다
움직임이 굼떠도 귀가 야리어
남의 말에 잘 부화(附和)한다

조경수를 내려다보는 마음

고층 거실에서
발아래 나무를 내려다 본다
죄송한 마음이 일어
말을 붙이려 하나
'나를 아세요' 할까 봐 조심스럽고
내려가서 반기려 하나
곁가지가 잘려
악수를 받아줄 손이 안 보인다
그늘에 동화책 목소리도 끊기고
머리 위에는 구름도 머물지 않는다
살던 곳이 거기가 맞느냐고 물으니
등 넘어 큰길 생기고
주소도 길 따라 바뀌어서
생각이 나지 않는다고 한다
어릴 때 공경하던 어른을
잘 모시지 못한 것 같아 마음이 편치 않다

매남동 흑백 동영상

물것과 더위에 시달리다 겨우 잠든 새벽에 서늘한 공기가 코골이 봉창을 들여다본다. 눈을 비비고 버릇처럼 바지게에 싸리소쿠리 얹어 집을 나선다. 화전 일구다 떠나 버린 움막, 서까래가 두어 개 꺼져 있다. 여느 때처럼 자갈을 추린다. 돌무더기가 키 높이로 쌓였고 그 속에는 노인의 애환이 서려 있다. 북두갈고리 손은 대체 상징물이다. 그 손으로 가마니에 벼를 담는 날은 고단함을 수매하는 날이다.

떡갈나무 숲에 수런대는 소리 들린다. 매지천 하동들, 멱감다 고의 챙겨 입고 토란대 우산 받쳐 들었다. 비를 긋는다기보다 장난기가 발동한 셈이다. 노인은 천둥소리가 겁나 처마 밑으로 들었으나 채마 밭 해갈이 시름을 덜어 마음은 한없이 푸근하다. 소나기 그치면 꼴 한줌 베어 송아지 앞세우고 돌아온다. 배냇소 어느새 중간소로 자라서 목에 두른 풍경소리 한가롭고 바지게 풀 다팔다팔 발걸음도 가볍다.

다랑논 팔아서 입학금 하고 배냇소 길러 등록금 대면서 손자 공부는 시켰다. 전방 소식 담은 편지 오면 이장한테 들고 가고, 은행에서 옆 사람한테 대필 부탁하던 아픈 기억이, 형편이 어려워도 공부는 시켜야 한다는 신념을 낳게 했다. 살다 보면 평소 간직한 작은 염원이 큰 소망에 닿아 있음을 체험하게 될 때가 있다. 너무 지근한 이해관계를 떠나서 말이다. 매남 옛터에 대학이 들어선 것도 그런 연유라고 생각한다. 내 마음에 염원은 물처럼 괴고 소망은 덩어리같이 커지는 것이 아닌가 하고 갖다 붙여 본다. 노인도 유심히 내려다보고 있을 것이다, 하늘나라에서.

「붙임」 매남동 옛터에는 연구실 불빛이 한밤에도 환하다. 매지천은 물막이 호수로 변하여 수자원은 물론 낭만의 화사한 수변을 제공하기도 한다. 비 온 뒤 안개가 산자락에 감기면 비경의 마을을 떠올리고 호수 아래 도랑에는 무릉도원에서 띄우는 복숭아 꽃잎도 떠내려 온다.

중산리

일행은 새벽 산행에 들고
한낮, 더위를 날리고 싶어서
객기로 물에 자맥질이다
바위 뒤로 돌아가 겉옷을 짜면서
체면도 널어 말리고 속옷 바람으로
나앉는다
힘닿는 데까지 올라보고
돌아서는 것이 아니라
처음부터, 칼바위까지만 생각했기 때문에
허세나 낙오가 아니다

장터목에서 라면을 후루룩거릴 일행을 떠올려 본다
동행하려고
추슬러 볼 생각은 않고 당연한 것으로 받아들였다

올여름, 휴가를 다녀왔느냐 물으면
지리산에서 일박했노라고 말할 것이다

일기장

발단은 방학 숙제였다
바람 잦은 언덕 집에 살면서
바람의 기억보다는
맑은 날이 많았던 것은
아버지 어머니 뚝심 덕이었다
맨발은 아니었던지
희미하게 남아 있는 족적을
유적을 발굴할 때처럼 조심스럽게
흙먼지 털어내고
친정 나들이 하는 어머니 따라
콧노래로 외가를 부르고
내 앞으로 무수히 달려오는 포플러(가로수)의
생애 한복판을 지나면서
심장의 박동 수를 재는 것이다

방울토마토

밭두렁에서 요령*소리가 난다
볼이 발그레 홍조를 띄다
달려와서 그런가, 앞만 보고
마음에 그늘이 없어서 그럴 거야
속 보이는 것과 투명한 것은 다른 얘기다
내숭도 아닌 상냥함이다
두둑한 '땅심'처럼
말빚을 지거나 외상 달 일도 없다
대추모양, 짭짤이도 어울려
바쁜 일손 품앗이를 청하다
서리 오기 전 푸근하게 가을걷이다
덜렁 높은 하늘
구름은 얇게 흐르면서
텃밭을 곁눈질하고 있다

*요령: 경상도에서는 '요롱'이라고도 한다

낮달

고향 보건소에서 보던
희멀건 얼굴이다
어깨너머 청진기를 젖히고
머리는 빗질이 단정하다
차츰 명의의 본새를 갖추어 가는 것 같다
온종일 처방을 내느라
가운을 벗는 손이 파리하다
퇴근 시간
링거를 꽂고 있는 환자를 외면할 수 없다
환자는 차츰 화색이 돈다
주사 방울에 향수를 달래는 처방도 묻어 있다
문을 나서서 포장마차를 기웃거리는 것은
불콰한 저녁을 기리기 위해서다

2부

자비심

한 떼가 회화나무에 앉았다
조금 있다가 가지를 옮겨 난다
대칭의 나뭇가지
높낮이는 있어도 상하는 없다

해맞이 광장의 공정

하루를 건너는데 한해가 따라 나선다
출렁다리 위에서
설렘 반, 두려움의 등에 납작 엎드렸다
팍팍한 다리 내려가는 길이 더 시큰거린다
해맞이, 소망이 서로 엉겨서
작심은 또 등대 그늘에 숨는다
모퉁이 쌓아 놓은 볏짚과 꼬다 만 새끼
줄 당기기는 행사 표에 없다
왼새끼를 꼬든 오른씨름을 하든
편 가르기는 그만하려나 보다
무쇠 가마솥, 나물을 섞는 손
부황도 구제한 종부의 큰손
산나물, 묵나물, 콩나물

시루 안에서도 누워서 자란 콧대를 꺾어
삽으로 밥을 비빈다
집밥도 혼밥도 아우르는 차일 아래
큰손에 쥐고 있는 앙증스러운 주걱
음식 끝에 삐질라 고루 펴야 하는
비빔밥 나물을 씹으며 분배의 공정(公正)을 생각한다
고락도 애환도 오늘은
큰 손아귀의 인증에 맡기자

고구마 변주

넌출을 걷으면 그 끝은
지연이나 학연에 닿아 있다
어깨띠를 두르고 찾아오는 날은
허술한 공약에 한바탕 술렁거린다

뿌리로 내려간 줄기는
강단으로 잘 버티어
손끝에 튼실한 혈연이 만져진다
그러나 막내 삼촌은
젖배를 곯아서 약골이다
할머니의 평생 생인손이다
항상 분배가 문제의 발단인 것 같다

농장 밖에서는
종일 목 쉰 소리가 들려온다
향우회나 동창회는 아닌 듯,
제 몫을 달라는 외침인 것 같다

귀농 후 손에 익은 호미
그래도 생살을 찍어 진물이 나는데
모두들 싸맬 생각은 않고 구경삼아 둘러선다
앞으로 당기기만 하는 호미의 모양새나
다른 이를 지나치는 무심한 시선은
구휼(救恤) 작물 고구마의 심성은 아닌 것 같아

화해

베어 문 말이 급하여
불쑥 뱉고 나서
주워 담지도 못하고
친한 터수, 상처가 되어 파인 데
뒤늦게 다가가고자
불면을 한 삽 떠서 곱씹어도
안개 속 샐쭉한 해님
볕을 제대로 쬐지 못하여 웃자란 마디를
굽히기가 힘든 허리
눈길을 부드럽게 마주치려 하나
빗나가는 초점
어렵게 생각지 말자
다른 사람들처럼 손을 내밀어
남남(男男)끼리라도 끌어안으면 되는 것이다
그분의 자비, 가르침 따라

자비심

수묵이 흐르다가
경계에 이르러 화선지 빗장을 뽑고
대해를 향해 가슴을 연다
쪽빛 물감을 떨어뜨려 그 한 방울이
마음에 닿아서
창공을 다 얻는 것이다
벌은 꽃술에 내려
발자국 소리가 나도 고개를 들 줄 모르고
향에 깊숙이 박혀 있다
꿀이 아닌 새로운 화두에 잠착하는가 보다
무봉(無縫)의 천을 몸에 두르고
토란 잎 위의 물방울을 찍어
한 땀 한 땀 대해에 보태는 것이다

내공에 대하여

어느 날 세수를 하고
(비누로는 손만 씻고
얼굴은 맹물로 헹궜다)
물기를 닦으며 거울을 보니
간밤에 봤던 나무들이
줄지어 다가오고 있었다
맹물 같은 나의 일상에, 나무들은
보기보다 심지가 깊었다
팔을 안으로 구부리는 일 없고
패거리를 좇아 몰려다니지도 않는다
가지를 훑어 베풀기도 하고
작은 일에 집착하는 것은
대의가 아니라고, 번한 얘기를 하는 것 같은데
그들(기자)은 내공이라고 특필하고 있다

손잡아도 되겠네

포갤 수 없다면 펼치는 것이 상책이지
왼쪽을 먼저 가라 해 놓고
외발로 따라갈 수는 없잖아
나란히 엎드리면 바퀴가 구를 수 있어
갈 때는 왼쪽인데 올 때는 오른쪽이네
왼쪽 다리를 꼬거나 오른쪽 다리를 포개고 앉아
내 식이라고 떳떳할 것 같지만
실상 둘 다 바른 자세가 아니라는 군
내리는 문이 왼쪽일 때도 있고, 맞은편일 때도 있고
승강장이 통합된다면
미소로 만날 수 있고 아련한 이별도 할 수 있겠지
이순(耳順)이 되면서
남의 말을 귀담아 듣기로 다짐을 하고도
가는귀가 먹어서
침목을(枕木)을 친목(親睦)으로 잘못 듣고
'이제는 손잡아도 좋을 것이야'라고 뇌면서
하중을 분산하는 데 침목이 역할을 한다면
친목은 화합하는 길이 될 것 같아
생각이 달라도 화해하고 살면 얼마나 좋을까

지빠귀

한 떼가 회화나무에 앉았다
조금 있다가 가지를 옮겨 난다
대칭의 나뭇가지
높낮이는 있어도 상하는 없다
청아한 목소리, 다른 새의 흉내를 잘 낸다 하여
주변은 웃음이 흔하다
이를테면 성대모사 같은 것
흉내 내는 것과 흉보는 것은 다르다

소문은 들으려 안 해도 들리는 것이다
바람에 실려 온다고 풍문이라고 안 하나
그런데 요즘은 험담으로 상대를 짓뭉개려 한다
때로는 뜬소문, 헛소문이 멱살을 잡는다
미세먼지처럼 경보 발령이라도 내야 하는지
마시지도 번지지도 못하게 잡도리를 해야 한다
나를 빗겨간다고 외면할 수 없다
인간관계가 자꾸 푸석해지기 때문이다

다른 한 떼가 날아와 앉는다
가지가 선비의 외고집처럼 뻗어나가도
험담은 몸에 붙이지 않는다

집오리 체험

팔거천에 청둥오리가 붐빈다. 또 철이 바뀌는가 보다. 집오리는 날 새기가 바쁘게 개천으로만 향한다. 용이 난다는 전설을 아직도 믿는 것 같다. 처음 오리알을 꺼내 들고 감격스러워 '오리달걀'이라고 외쳤다. 엉겁결에 한 소리지만 거위나 뻐꾸기한테는 이름 밑에 그런 패찰을 달아주기 싫다. 심부름 가서 거위를 만나면 강아지 행세를 하고 내치는 통에 도망치기 일쑤였고, 뻐꾸기는 그 앙증맞은 불의(부리)로 행세하는 걸 보고 세상에 정의는 없는가 하고 개탄이 나오기 때문이다.

새로운 하루가 시작되는 여명에도 품을 생각은 않고 개천으로만 나도는 통에 실핏줄이 아른거리는 알을 암탉 둥우리에 넣어 줄까 하다가 혹여 미운털이 박힐까 조심스러워 손에 쥐고 있다. 집단 농장에 들어가도 미운털은 표가 나니까.

밥상에 올릴까, 아니면 꾸러미에 싸서 시장으로 들고 갈까 망설여도 궁리가 나지 않는다. 먹는 얘기만 나오면 '유황오리'를 앞세워 통째 삼키려 드니 조심스럽다. 계란이 우리 마음속에 깊숙이 자리 잡고 있어서인지 다른 것을 가늠하는 잣대가 된다. 계란이라면 흔히 기차간에서 먹던 간식거리가 화제다. 손수건에 싼 삶은 계란하고 신문지 귀퉁이에 가루약처럼 접은 소금은 요긴한 먹거리였으니 지금은 아련한 추억으로 떠오르기도 하고, 까서 먹으니 수저 따위를 따지지 않아도 좋았다.

차가운 언덕에는 바람이 분다. 자고새면 물가로 나가는데 뒤뚱거리는 걸음걸이가 걱정된다. 갈퀴가 있어도 개천은 집오리만의 터전은 아니다. 위에서부터 깨끗한 물만 내려오는 것도 아니고 주둥이로 풀씨를 건지면 변종이나 수입종이 씹힌다. 이젠 주변을 경계만 할 것이 아니라 어울려 살 방도를 차려야 한다. 윗물이든 아랫물이든, 섞여도 물이 맑아야 한다.

데크 산책

통로가 생겨서 좋습니다
연일 곡예를 넘다가, 손에 땀을 쥐다가
탭댄스 발자국 소리에 귀를 모읍니다
어느 사춘기의 구두, 코에 약을 바르고 징을 박아
제법 저벅거립니다
겉멋이라고만 생각지 마십시오
깔창에 '검약'이라고 새겨져 있습니다
가다가 장승처럼 만나는 상수리나무
둥치에 맞게 판자를 도려내고
'앞을 보고 걸어라' 하고 안내합니다
행여 아기가 자고 있다고 쉿! 하고
입에다 집게손가락을 걸 사람은 없습니다
아래층이니까요
봄을 꾸미려고 무더기로 심어 놓은 철쭉 묘목
봄이 묻어온다고 배냇짓이 한창입니다
쉼터에서 만난 이웃, 엘리베이터에서는 알은척만 했는데
보온 커피를 마시며 신상 이야기도 합니다
정상에 오르니 지상철도 한가로운데
먼지 때문에 닫았던 마음을 열어봅니다

협치 이야기

여전히 다스린다는 생각이군요
뽑힌 사람들의 담론이 아니라
뽑아 준 사람과의 소통이 문제라니까요
그들을 섬기듯이 하는 게 좋을까요
그렇다고 승용차 문까지 열어 줄 필요는 없습니다
인도(人道)쪽으로 알아서 내릴 테니까요
이웃을 만나면 먼저 인사 합니다
인사는 받는 게 아니고 주고받는 것이니까요
거기는 갑질이 없습니다
그리고 다스린다는 것은 지배가 아닙니다
귀 기울여 소통한다는 뜻입니다
회기 끝나면 외유도 좀 즐기십시오
돌아올 때 瑞典(스웨덴)이나 丁抹(덴마크)을 둘러오세요
그들이 어떻게 소통하고 토론하는가를 보게 될 것입니다

취업 난망

한곳에 찐득하게
눌러 있지 않는다고 꾸중하시던
엄한 목소리를 들어본 지도
퍽 오래 전의 일이다
젊은이들, 아들
앉을 방석을 챙기지 못한 채
맨바닥이 시원해서 좋다고
뭉그적거리다
홑바지에 엉덩이가 배겨서
오래 앉아 있기가 거북하다
농사, 산업화, 귀농
어느 선로에서 기다려야
종착으로 가는 길이 보이는가

혹서기

저쪽은 냉방에 갇혀 있다
가게는 선풍기 더운 바람이다
경기 부양을 재촉하는 듯
연방 부채질이다
사람의 내왕이 한산한 편이다
구석까지 밀어붙이는 큰 손
짜부라질 것 같은 진열대
와중에도 끼니를 챙기느라
한 입 라면을 빨아들인다
더위가 더위를 밀어 붙여도
부딪히는 일은 없다
상생과 살생은 멀리 있는 것 같지 않다

3부

물길을 따라가면

배가 고파도 농부는 씨앗은 베고 자는데
저렇게 탈탈 털리고 나면
비알 밭뙈기도 묵혀둘 판
남의 말을 할수록 목은 칼칼하고
막걸리는 잘 넘어간다

물길을 따라가면

발길을 다잡지 못하여
물길을 따라가면
촉촉한 기운 마음에 스미고 몸에 배어
낯선 길도 망설임이 없다

'法'은 민초들의 겉옷이었다
물 '수'에, 갈 '거'
웅덩이도 평정하고
돌팔매의 조약돌도 받아먹었다
매듭을 풀고 가슴을 열면
여울도 평정심으로 가라앉는다

백로야, 꽁지머리 치켜들고
가문을 들먹이지 마라
방금 잡은 물고기를 삼키느라
눈을 껌벅거리는 모습이
체신머리의 빌미가 될지 몰라

방패가 되어야 하는 '法'이
물막이 보에 와서 찰랑대며
물보라를 튕기다가 솜방망이를 적시고
징을 울려도 막이 오르지 않는다

연지교(延芝橋)*를 건너다

세수를 하고
얼굴이 당기지 않을 만큼만
찍어 발랐다
낯짝이 두꺼우면
수면에 인증이 안 뜨니까
다리를 건너 동산을 오른다
동주 선생 탄신 백년
민족의 양심, 잣나무는 한결 푸르다
풍경을 밀치니
세상이 온통 노랗다
밟고 가는 뒤축이 살짝 미끄러진다
강의실 창밖에 살랑거리며 떨어지는 잎이나
창구에 다발을 만지는 고운 손이
이웃을 챙기는 사랑이면 좋겠다
소중한 마음을 간직하려
검불을 태우다 불낼까
허리에 임도(林道)를 둘렀다

*연지교(延芝橋): 연세대학교 원주 캠퍼스 교정으로 들어가는 다리

동강 어죽

택호가 동강 댁입니다
쏘가리(里)는 외가 동네고요
열목어, 어(魚)서방은 동강에 장가들어 동강 양반입니다
윗대에서 내려오는 무쇠 솥
반들반들한 한뎃솥 걸어놓고
문벌도 체통도 푹 고와서
금수저 흙수저 찾지 않고
국자로 한 사발씩 덜어 낸다

한 동안 그렇게 눙치며 살았는데
신흥 갑족이 휘저어
세상이 조금 술렁거린다
나라님도 버거운 구휼(救恤)에
한솥밥 먹으며 살았는데
백리 밖까지 내왕했는데,
우리가 공론하는 동안
소나기 한 줄기 쏟았을 거야

우두령*

우시장을 오가던 사돈을
웅양 장터나 대덕 삼거리에서 만나면
아직도 친구고, 사돈이고 막걸리도 잘 넘어간다
친·외손자는 훌쩍 커서
좀처럼 부모를 따라 나서지 않는다
방학은 저희 시간이 바빠서, 명절은 어른이 안 나서니
얼굴 보기가 힘들다

우두령 신작로는 옛 모습 그대로다
하지만 사위는 서먹하고, 며느리는 버름하다
문득 목탄차(木炭車)를 타고 고개를 오르던 때가 생각난다
가쁜 숨결, 쇠꼬챙이로 목탄로를 후비어
불잉걸을 추스르던 시절, 숨이 턱에 닿아도
쇠머리, 고개를 돌리지 않았다
그리고 조수(助手)는 목탄차를 떠나지 않았다
반도를 종단하는 3번 도로는
우두령에서 주춤하고 철원에서 끊겼다

이대로 길도 사람도 인연을 끊고 살 것인가
산야엔 옛날처럼 진달래가 흐드러지다

*우두령: 거창군 웅양면(熊陽面)과 김천시 대덕면의 경계를 이루는 고개

둘레길

아침 산책을 나선다
안개 속, 사람 소리가 들린다
어깨를 스치는데 혼자다
귀에다 뭘 꽂고 통신 중이다
새벽부터 한담은 아닐 것이고
출근을 당기라는 전갈인 것 같다
역시 업무 이야기다
윗도리는 허리에 두르고
아기를 업을 때처럼 동여맨다
팍팍한 다리, 가장이 자꾸 미끄러진다.
팔꿈치로는 미세 먼지를 밀어내며
조정 선수처럼 안개 속을 저어간다
조깅은 건강 지킴이인가

또 목련

빈 가지에 함박웃음이다
봄이 돌아온 것이 아니라
계절이 스쳐가는 것이다
청순한 여학생이
다림질한 흰 칼라 교복을 입고
단체사진 속 목련으로 서 있다
겨우 담장을 넘어다보던 나무가
가지가 벌어 새 식구를 맞이하고 또 낳고
이제는 유년을 가렸다

째깍거리는 탁상시계가
쳇바퀴를 탈출하지 못하여
새로 한 시를 가리킨다
열차는 구내로 들어서고
'우동' 국물로 새벽을 후루룩거리고 나니
역장은 하마 흰 깃발을 흔든다
꽃소식은 북상하는데
디스크 때문에 더 올라갈 수 없다
파인(巴人)의 국경의 강도 얼음이 녹았을 것이다

「개장수」 관람기

대형 전광판의 불빛이 지하층 입구를 닦달하고 있다. 검은 안경을 쓴 여인이 목줄을 잡고 끌리고 있다. 말끝마다 애견이다. 꼭 강아지한테 딸린 사람 같다.

소극장 실내는 평온하다. 정이 그리운 사람들이 흩어져 앉아 있다. 막이 없다. 조명이 명멸한다. 대체로 침침하다. 회상과 상상과 현상이 그리움을 자아낸다. 감나무와 처마 밑을 이은 빨랫줄에는 옷가지가 널려 있다. 사람이 사는가 보다. 베니어를 덧댄 부엌문은 닫혀 있다. 밥은 끓여 먹겠지. 마당 구석에는 목로가 걸쳐져 있고 막걸리 잔 몇 개, 양재기에 왕소금이 남아 있다. 대가족, 가마솥은 민속 박물관으로 갈 때가 넘었겠지.

관객과 친숙해지려고 개장수는 객석에서 등장한다. '개 삽니다.' 올가미를 연인의 목에 씌운다. 그는 그녀를 남겨 두고 마침내 무대 위 철망 우리에 갇힌다. 너부죽이 엎디어 잠시 개팔자다. 말 못하는 여인(반벙어리)은 아가를 업고 행상이다. 개장수, 생선장수, 그렇게 아가는 장성한다. 학부 내내 주먹을 휘두르며 앞장선다, 무슨 대변자처럼. 그의 출생은 상당 부분 불리한 조건이다. 불빛이 몇 번 명멸한다. 구분은 안 되지만 더욱 짙은 어둠을, 보통 삶의 애환이라고 말한다. 호강이라는 말이 있는지, 신분의 상승이나 중산층은 요원한 것 같다.

첫눈 온다

대목장 붐빈다
모두들 들떠 있다
손에든 검은 봉지가 궁금하다
귀갓길 왁자지껄한 놀이터
벙거지를 벗어들고 눈을 턴다
반려를 아붓시고(앞세우고) 다시 집을 나선다
경비가 눈을 쓴다
쌓이면 적폐가 될지 몰라
강아지의 목줄을 당긴다
아이가 놀라면 적폐가 될 수 있으니까
첫 휴가 손주녀석 구두끈도 안 풀고 참견한다
부대에서 눈을 치우고 눈사람을 만들었다고 한다
철조망 옆, 참숯으로 눈(目)을 크게 박았단다
할아버지, 연인, 아이들, 강아지가
눈사람 뒤로 숨는 꿈을 꾸었다
제설은 작전이고 눈사람은 안보(安保)였다

생 막걸리

중년 아재 둘이 퇴근길에
가게 앞 살평상에 앉아
막걸리를 따른다
깍두기, 열무김치 한 보시기씩
김에 싸먹던 과메기가 간절하다
사장님은 '티비' 앞으로 의자를 당기고
'여기 술 한 병 더' 하지 않고 꺼내오면 된다
그만큼 임의롭다
사장님 고개는 아직 젖혀 있고
닦달은 이어지는가 보다
배가 고파도 농부는 씨앗은 베고 자는데
저렇게 탈탈 털리고 나면
비알 밭때기도 묵혀둘 판
남의 말을 할수록 목은 칼칼하고
막걸리는 잘 넘어간다
'영일만 친구야,
자네가 있어 시국에 쓸리지 않았네'

태풍이 올라오는지 바람기가 있다

4부

새 풍속도

나무젓가락 쪼개어
갖다 대기만 하면 솜사탕이 되는 한낮
노인네의 파뿌리는 다듬지 않아서
해로를 장담할 수 없다

사설 연오랑과 세오녀

죽도 시장에서 본
문어 꿈을 꾸었습니다
이마에 왕국의 지도가 그려져 있고
어깨에 흉터가 있는 문어
어가를 메고 현해탄을 건널 때 생긴 자국일 것입니다
문공(문어)은 측은한 마음에서
연오왕과 세오비를 모셔 갔지만
서라벌은 일식으로 까무러쳤습니다
섬섬옥수, 비단의 영검으로 빛을 찾아
귀비고를 짓고 제단을 쌓아 해맞이 고을이 되었습니다
이웃을 잘 만나야 된다는 말씀이
주거(住居) 이야기인 줄 알았는데
나라끼리는 더욱 절실한 것 같습니다
요셉의 행적을 모르는 파라오들이

이스라엘을 탄압하듯*
웃대를 모르는 후손들이
걸핏하면 망언, 망발
나라가 바다에 떠 있는 형국이라 그런지
멀미를 심하게 하는 것 같습니다
태평양으로 진출할 때는 기항하지 않을 겁니다

*구약 탈출기 5장

코로나19 사태

전쟁이 따로 없다
대치 국면이다, 디디면 지뢰밭이다
후송된 병사들 가운데에는
훈장에 빛나는 산업 전사도 있다
나이 들어 근력도 빠지고
먹는 약이 있다고 기저질환이란다
따로 마련한 병상에서
누워서 보는 천장은 종일 냉랭하고
통계의 어느 자리에 잡힐지 걱정이다
병상이 불어날수록 일손이 딸린다
그런데, 가문 여름날
소나기 몰고 오는 비구름처럼
자원 봉사원들이 들이 닥친다
부모님께는 둘러대고 왔는데
아버지는 마을에 소문내고 다니신단다
그들은 앞뒤 재지 않고, 그저 천사의 마음이다
안타깝게도, 방호복이 힘겨운 선생님
지금쯤 훨훨 천국에 닿았겠지

침방울에 첩자가 묻어온다고
모두들 마스크를 하고 있다
이 참에 막말이나 험담도 입막음할거나
지구로 돌아온 러시아 우주인이
우주에서 본 지구가 너무 아름답더라고,
우주간 거리에는 그럴 수도 있겠다 하고
백신이나 치료제를 들고 오는
지원군을 기다리기로 한다

새 풍속도

바람도 다니는 길이 있는 듯
아파트 낮은 울타리를 따라오다
샛문에서 방향을 튼다
등나무 아래서 맴을 돌다
육모정 노인네 동전판을 기웃거린다
눈치 없는 노인이
한쪽 다리를 드리운 채
습관처럼 부채를 부친다

우리 아래층 할머니는 늘
장보기 수레를 끌고 다닌다
노인의 거처는 딸네다
어떤 때는 빈 수레로 온다
장거리를, 같은 단지에 사는 큰아들네 집에
들여놓고 오기 때문이다
며느리보다 사위가 임의로운지, 그러나
그것까지 궁금해 할 일이 아니다
손주들이 훌쩍 큰 것을 보면
마디병원의 근육 주사라도 맞았는지

문득 돌개바람이
흙먼지를 흩뿌리는 세상에
이마의 땀을 훔치는 촉수를
향수처럼 간직하고
작은 아들 직장 형편 허락한다면
불러들여 함께 살 지도 모른다

등나무 아래

시렁 위에다 뭘 잔뜩 올려놓았다
설계를 바꾸어 확장하지 않는다
주거를 옮길 때
허접살림 과감하게 버려야 한다
아니 두고 가야 한다

인공안개*가 는개처럼
몸을 감는다
나무젓가락 쪼개어
갖다 대기만 하면 솜사탕이 되는 한낮
노인네의 파뿌리는 다듬지 않아서
해로를 장담할 수 없다

솜사탕 베어 물고 볼이 끈적거리는 손자의 뒤를
멜가방 한쪽 팔에 끼고 할미가 따른다
내외 일터로 가고
다가올 가을운동회도 한갓 소망이다
침상이나 베개가 꿈을 변형시킬 날이 올지도 몰라
그래도 등나무 아랫도리가 튼실한 게
꽤나 든든한 일이다

*쿨링 포그 시스템

해넘이

꽤나 추운가 보다, 해님
구름 한 자락 당겨
목도리를 하고 있다
눈빛만 봐도 통하는 얘기
그믐, 절뚝거리는 다리
말 안 하려고
입까지 가렸다
요즘은 동구 밖 배웅은 잘 안하더라고
차창 너머 이별처럼
가지 사이로 손을 흔드는데
장갑을 끼고도
가슴으로 파고드는 바람,
갑자기 주변이 환하더니
등걸에 나이테 하나 그어 놓고
내일 보자고 하며
예사롭게 사라졌다

석양에 서다

함께 들어갔다가
따로 나온다
혼자 걷는 사람의 그림자가 유난히 길다
'오죽 했으면'이란 변론이
쑥덕공론을 잠재우다
오직 외길로만
걸어온 사람의 발길에도
돌부리가 여기저기 솟아 있다
안타까운 건
재보고 치수를 확정할 시간이
얼마 남지 않았다는 것이다
솜사탕 아저씨가 건넨 손자의 풍선에
바람이 많이 빠져 있다

말의 심지

'손끝차이'라는 미용실 간판을 보고
참 기발한 표현이라고
한 번 더 쳐다보았다
특히 미용은 서양 쪽으로 많이 기울어져 있어
산들 바람만 불어도 휘청거린다
파마 자체가 서양 것이고, 처음엔 양머리라고 했다
모발 모델은 서양사람 일색이다

'입새만두', 한창 만두를 빚고 있는 주인에게 물었더니
일부러 받침을 바꾸었다고 한다
먹성이니까 입도 괜찮겠다 싶으면서도
초등학생들이 그냥 지나갈까 하고 생각했다
'누네띠네', '구르미'는 어지럽다
'이태리한복점'은 겉멋을 넘어 망발이다

체험 공방에서 손녀가 만든 컵이 배송되어 왔다
손끝이 맵고, 결을 보니 물레도 알맞게 돌린 것 같다
요즘, 가만히 있는 '더운', '시원한'을 슬슬 건드리는 모양인데
'핫한' '쿨한'보다는 우리말이 낫다
마구 찍어내는 머그잔이 판을 치는 세상에
손녀의 잔은 세상에 하나밖에 없으니
명품이 따로 없다
학교에서 올 때가 되었는데
아까 따른 차가 아직 따뜻하다

시월이 가기 전

전단지도 건네지 않는
먹거리 골목을 지나
따로 할배들이 모이는
그 맛을 찾아
정강이에 힘을 주고
아직은 빳빳하게 걷는다
더위를 이겨낸 자랑스러운
가로수 옆에서
휴대전화에 담겨
한판 사진으로 찍히고저
매캐한 거리를 지나
덧옷을 챙겨 배낭을 메고
낙엽이 뒹굴기 전
익숙한 산책길
고운 물색의 잔치에 섞일 것이여

길을 묻다

네비가 데려다 줬어
거리가 온통 고층이야
사람은 그 꼭대기에 사는가 봐
문단은 문학으로 간판을 바꾸고
번화가로 옮겨갔다네
편지지에 적은 주소를 들고
물어가며 찾던 일은 옛말이야
번지가 낯익어 정겨운데
도로 명 주소는 생소하군
운동회 날 율동 속에서
남북이 튀어나온 손녀는
용케도 잘 짚었지
보채는 바다도 떼어놓을 줄 아는,
또 젊은 바다를 다독거리는 손을 본다
그분 고향 사람이야

민낯 공방

말이라는 것이
나고 자라고 사라지기도 하지
중세어는, 얼굴을 '모습', '형상'이란 뜻으로 썼는데
차츰 ᄂᆞᆾ(낯)으로 의미가 축소된 것 같아
웃자란 말은 가지치기를 해야 함에도
그냥 두어 깜냥대로 자란 것도 있어.
이웃과는 삽짝(사립문)에서 얘기해도 통하고
어떤 때는 살평상에 앉아
살아가는 얘길 털어 놓기도 하는데
그 어디에도 가면이나 가식은 없었다
요즘은 민낯이라고 하면 상종할 사람 아니라고
아까까지 한 통속이었는데
불똥이 튈까 피하기만 하는지
식전에 들일 나갔던 어머니
우물물 끼얹어 머리카락에 묻어나던 물방울
여장부 같던 어머니
그 민낯을 제자리로 돌려야 해

해병

침투 훈련을 할 때
안으로 굽은 팔을 뻗쳐
한 방향으로 노를 저었다
스치는 부모님 모습을 지우며
멈칫 멈칫 해안에 닿았다
모래사장을 거닐 때
보트를 이고도 걸음이 꼬이지 않았다
점심시간, 수저 탓 안하고
지급된 스푼으로 식사를 했다
소금에 절인 편견을 씻을 즈음
거울 속의 병사가 딴 사람 같아 보였다
포스코를 지날 때, 트럭 위에서
끓는 쇳물 25시를 생각했다
여론도 반론도, 아집도 독선도
함께 저어 뽑은 철심으로
새로 올리는 건물의 기둥을 삼을 것이다

한 번 해병은 영원한 해병이다

5부

해질녘의 낚시

젊은 날 갯가에서
숭어를 따라하던 망동(妄動)이 생각나서
황혼에 얼굴이 불콰하다
그래서인지 아까부터 찌가
강물의 흐름에 기대어 비스듬히 누워 있다

시간 여행

어머니는
소풍날이 아닌데도 가끔
김밥을 싸 주셨다, 그런 날은
편식과 편견이 도마 위에 올랐다
동그란 모성을
수저 탓하지 않고 집어 먹었다
아련한 기억들,
모두들 지난 한때를 그리워한다
그러면서 보리 까끄라기 같은
정지된 시간은 빗겨간다
고향으로 시간 여행을 떠나던 날
아내는 도시락으로 김밥을 쌌다
단무지와 우엉을 길게 깔고
씀바귀 같은 나물도 곁들여서
베어 먹는 맛을 내세우는 것 같았다

퇴행성이라는 핀잔 속에
창밖에는 흑백 동영상이 지나가고
차가 천천히 옆걸음으로 구른다
지역 특산물이 보이고
어느 휴게손지
옆자리 젊은이에게 말을 걸었다

해질녘의 낚시

잠자리가 낚대에 앉아 있다
노을에 취한 듯
마디(비행기 몸체 같은)가 불그스름하다
낭만을 떠올렸는데
날개가 조금 처져 있다

드리우고만 있어라 했다
채지는 말고
수문 근처에서 잉어가 철버덩 하니까
급한 마음에 떡밥을 새로 뭉쳐
첨벙 던지고 나니
동심원 속에 노욕(老慾)이 맴을 돈다

젊은 날 갯가에서
숭어를 따라하던 망동(妄動)이 생각나서
황혼에 얼굴이 불콰하다
그래서인지 아까부터 찌가
강물의 흐름에 기대어 비스듬히 누워 있다
총체적 회심이라고나 할까

이후로는 야광찌가 소용없을 것 같다

다짐

큰물 질 때
한바탕 구불텅거리고
그 아래
드디어 전해오는 평정심
물살에 밀려 떠내려 온 돌덩이 하나
신념이라고까지 할 순 없어도
아무 데나 들어 옮길 수 없는
결의, 결심 같은 것
맴돌아 가는 물살이 보조개를 만들고
이마에 물보라를 끼치며
여린 동작으로
다가가는 모습을
눈치 챘을까, 이 작은 몸짓을
산책 나온 쉬리 떼 줄무늬 운동복 차림으로
청정 지역, 순수를 향해 돌진한다

이미지 따라가기

상(想)을 얻으려면
사물과 부딪힘이 있어야 하는데
오늘은 집을 나서면서
울타리에 박혀 있는 막대기 하나를 들었다
온통 아침을 누빌 듯
바짓부리 적시는 이슬을 떨거나
개똥을 찍어 굴리기도 하며
무엇보다 만나면 민망한 뱀을 피할 수 있어 좋다
요술 막대기가 아니지만, 더구나
무슨 결단을 내리지 않아도
가장 범속한 하루가
기억 속에 오래 맴도는 날이 될 수도 있겠다
거미줄을 걷는데 막대기가 필요하랴 싶어
그냥 가다가 얼굴에 영 언짢았던 체험을 떠올린다
그런데, 사람들은
가책의 줄을 걷을 생각 않고
타성에 끌려가고 있는지 모른다
잘못 들어선 길임을 깨달은 순간에도
가던 길을 계속 가는 경우를 본다

부음

강을 건너 내왕하던 길을
돌아오지 못 한다고 한다
다리 위를 가는 버스가 다소곳하다
그런데, 전용 차선이 없다
창가에 앉아 방금 아침을 여는
동그란 해님의 붉은 얼굴을 본다
간밤에 조문을 하고 왔을 그에게
말을 걸지 않는다.
말수가 적고 생각이 깊은 것을
감수성이 예민하고 낭만이 풍성한 것을
바다에 누워 하늘 길을 생각하고
잔잔한 미소, 늘 하얀 이가 가지런했는데

역무원 몇 사람이
선로 전환기를 수동으로 작동하고 있다
열차가 다른 길로 들어서는가 보다
그렇게 중지(重之)하던 간이역에서
숙연해진 우리들을 보지 않고 지나간다

죽음은 끝이 아니고 새로운 시작이라는 말
요르단 강 건너 재회를 준비할 것이라는 기대가
아직 자리를 잡지 못하고 있다

독거 일상

무심코 틀었는데 '먹방'이다
도시락밥이 따끈하여
눈물 없어 삼킨 일이 있다
지금은 찬(반찬)그릇이 말라 있다

해바라기를 하려나
벤치에 나와 앉는다
한 무리의 참새가 방앗간 수다를 떨다가
울타리로 나 앉는다
몸이 지팡이 쪽으로 쏠린다
등받이가 없기 때문이다

바람 한 점 나뭇잎을 훑고 지나간다
낙엽 하나가 언저리를 맴돈다
문득 피붙이가 그리운가 보다
호적에 있는 혈육 때문에
복지사의 손길이 먼 것 같다

등나무가 마음이 편치 않아
몸을 비틀고 있다

사문진

강나루 언덕은
온통 코스모스다
그 꽃은 낯가림을 안 한다
산들바람에도 눈웃음이다
웃음 속에 시를 머금는다
수타(숱하게) 많은 사람들
대구는 시다

해는 뉘엿, 강줄기는
강정보 밑에서 금호강을 만나 뒤척
돛배 하나 긴 그림자 끌고
도도하게 흐른다
갓모자가 보이고 도포자락 펄럭
안동 어디쯤서 띄운 것인가
위천 쪽에서 강을 거스르는 배
피아노를 부리고
사과나무 부대를 내려 조심스레 앉힌다
익숙한 물길에 서 아우구스티노* 어른의
소금 실이 배가 올라온다
이 시대 간을 맞출 소금

배를 띄워라 시의 배를 띄워라
선상 풍류, 시 낭송, 시조 창
대금의 꺾는 소리가 심장을 간질인다
불그레한 구월 열이틀 달이
아까부터 내려다보고 있다

*서 아우구스티노: 서상돈 선생의 천주교 세례명

찬거리 사러

시장 어귀에서 지갑은
입을 빨쪽거렸다
이런 데까지 따라와, 공공은
지갑을 열라 한다
채소전을 돌아
오이 무데기를 사면서
끝전을 에누리했다
콩나물은 아예 몇 원어치 달라고 하여
한 움큼 덤으로 얻었다
모두들 직접 생산자가 아닌 것 같은데
마음이 넉넉하다
아마 챙기는 것이 없어서 끌끌한가 보다
난전을 다 돌고도
경로당 동전은 몇 푼 남았다

귀가 울어

여름에 매미가 울더니
철이 바뀌니 귀뚜라미 소리다
소잡한 귓구멍, 융통성을 확장하려는 듯
귓불을 당기어 안을 들여다본다
이내, 소리를 못 들었는지 나이만 닦아낸다
이순을 지나면서, 주변에 공손하고
귀담아 들으려고 손나팔까지 들이대도
낱이 또렷하지 않다
귓속말까지 따라가던 경량급 처세가
굴 입구에 귀지만 수북이 떨구었다
적적한 날 벗하며 살자 했는데
안 그치고 울어대니
부아가 나서 손님을 내쫓을 뻔했다

결혼 이야기

결혼, 연예인 혼사는
마구 퍼 나르면서
정작 본인의 마음은 무겁다
혼수, 주거, 육아까지
아니, 근본적으로
일자리가 발목을 잡는다

중신애비, 매파는 분주했다
그들의 행적은 전설이다
선수금 같은 것은 생각 않던 시절
선을 보고, 맞선을 주선하고
발품은 성혼으로 가는 지름길이다
그 중 몇 쌍은 아직도
서걱거리는 억새 속에서
파뿌리가 다 된 머리를 빗질하고 있다

혼기를 놓친 젊은이에게
독신주의 패찰을 달지 말 것. 그리고
불뚝용기 같은 걸 주문하지 말라
궁리가 막혀서, 마음이 무거워
하늘이 맺어 주는 인연은
시방은 남의 이야기다

이삿짐

웬만하면 버리라 하기에
그것도 과감히 버려야 한다기에
결단을 내릴까 하는데
크게 챙기지 않던 주방 그릇이
국그릇인지 국수 말이 사발인지
쓰임새가 어중간하던 대접이
아까워 망설이는 속마음을 파고 든다
짐짝을 맞추려면
거실에 있는 화분을 들어내야 한다
같은 공간을 숨 쉬며 연속극 분위기도 띄우던
사기 화분을 경비실에 내다 놓고
새 주인을 연결하라고 당부한다
알레르기가 아니면 반려도 데려왔을 것인데
이럴 때 봐서는 안 하기 잘했다
버리는 것과 두고 가는 것과의 경계를
확실히 알게 되었다

구르는 것이 낙엽뿐이랴

고뇌 끝에 내디딘 걸음이다
일거리를 찾아 굴러야 한다
군데 군데 모난 돌이 박혀 있다
철없이 뒹굴던 슬하가 그립다
흩어지는 자유의 몸짓들,
내밀한 언어를 깃 속에 감춘다
차고 엷 담부랑(담벼락) 양지쪽에
몰려, 돌개바람이라도 불어 주기를 기다리는 것이다
마음을 열어
나무에게, 소원한 이웃에게
다가가는 것이다
새 질서를 위하여
낙엽 속에 섞여 굴러서라도 닿고 싶은 마음이다
삶의 유전(流轉)이다
곧 밤이다, 술은 아닌데 대리운전이다
야맹을 걱정해야 하기 때문이다

손가락 연서

– 어느 소녀의 정서를 빌어

반지의 손이 가냘프다
펜 검쥔 손가락이 다부지다
갇혀 있는 보석은 그냥 목록일 뿐
빛을 전하지 못한다
자랑이 아니라
보여주고 싶은 마음은 그리움이다
손가락 마디에 강약을 주면
정감의 높낮이도 전할 수 있고
여운이 그이를 휘감게 할 수 있다
손톱 밑의 발그레한 실핏줄은 아직도 수줍음이다
때 늦은 나이, 홍조를 머금은 고백을 부른다
간절한 마음은 성에 낀 창문에 닿아
하트를 그린다
자판(字板) 위를 걷다가도 그리움인가,
봉숭아 꽃 물들이던 사춘기를 떠 올린다

6부

기도와 기도 사이

돌아서는 것
돌이키는 일에
무슨 결단 같은 걸 주문하지 않는다

기다림

산천이 초록을 입는 싱그러운 5월에
어머니, 문안드립니다
저희는 날마다 창가에 앉아
배론에서 오시는 당신을 기다립니다
기도학교 첫 삽을 뜨고
걸음이 뜨음할까 걱정했는데
아기 생각으로
마음을 놓을 수 없는 섬집 엄마처럼
하루도 거르지 않고 찾아주십니다
3층까지 올라오시어
방울방울 맺힌 저희 정성을 살피시고
서울 다녀온 신부님의 감동적인 일화를 들으며
성모회의 진열품까지 눈여겨보십니다
흐뭇한 마음을 내색하며
새삼 옹색한 공간을 안쓰러워하십니다

그러나 어머니
어릴 적 단칸방에서 나눈
형제간의 우애는 지금도 새록새록 살아납니다
저희는 오늘도
백만 송이 장미 다발을 엮으며 당신을 맞이합니다
늘 자상하신 어머니
금년은 파티마 발현 101주년이 되는 해입니다
올해는 흥업 새 성전 원년이 되는 해이기도 합니다
만상이 물색 옷을 갈아입는 가을에
희망의 성모 동산에서 뵙겠습니다

그분 가까이에서

그분, 수난감실에 가기 전
가림막을 꺼내어
십자가의 높이를 가늠하다가
아주 가까운 거리에서
그분을 뵙는다.
(이렇게 가까이 서 있어도 되나!)
잠시 마음을 정하지 못하여
부신 가슴을 안고
곧장 제단을 내려선다
곰곰 생각하니
매번 손을 포개어 지성으로 모신다고 했으나
아멘 소리를 공허하게
습관처럼 날렸음을 깨닫는다
오늘 이 체험을 간직하고만 끝낼게 아니라
새롭게 한발 내딛을 결심을 한다

기도와 기도 사이

병자 기도를 하면서
그 아랫집 하고 담을 헐었다
전에는 거기를 지날 때
눈길을 두지 않으려고 고개를 돌렸었다
감기 몸살을 가지고
엄살을 부리는 것 같아서
툭툭 털고 일어났다
말씀을 섞지 않으려고
먼 산을 바라보았다.
그런데, 생각해 보니
두 집 사이에 경계가 있는 것이 아니었다
울타리를 걷고 나니 탄탄대로다
선종, 그분 앞에 다가가는
유일한 통로다

선교 고백

황금 들녘에서
카랑카랑한 음색
가을바람의 강론을 듣는다
가슴에 닿는 햇살을
두 손으로 움켜 목에 걸어 준다
땀방울만큼 몫을 제해 주는
또 다른 손
나도 거들어 낫을 잡는다
금방 황금으로 변하는 낫
벼 포기, 낟알까지
알곡을 담을 수가 없다
감당이 안 되는 이 혼돈
골방에 들어가서
그분의 말씀에 귀 기울이기로 한다

성찰

돌아서는 것
돌이키는 일에
무슨 결단 같은 걸 주문하지 않는다
전에 왔던 길
멈추지 않으면 산짐승도 출몰할 것이라는
그래서 행동 요령도 숙지하고 있는 길목에서
머리에 재를 얹고
무화과나무로 향한다
저자거리, 사람들이 둘러서서
저마다 궁금증으로 기웃거리지만
발돋움해도 잘 보이지 않는다
다만, 돌 무화과나무에 앉아 있는
자캐오의 회심을 짚어 보는 것이다

흥업 성모님

넌출 장미가 밖을 기웃거립니다. 귀한 손님이 오나 봅니다. 흥업 사거리, 신호등 앞에 서 계시는 성모님, 여느 어머니의 모습 그대로입니다. 기도 속에서 한결같이 만나주시는 낯익은 분입니다. 그분께서 오늘 비좁은 흥업성당을 찾아오시니 그리운 마음 가슴 벅찹니다.

당신은 시간이나 공간을 넘나드는 분이기에 100년 전 파티마의 어린이에게 발현하시어 당부하신 그대로 지금도 묵주기도는 간절합니다. 세상을 놀라게 할 만한 기적도 믿음이 없으면 한낮 소문으로 끝나고 맙니다. 허황된 마음을 돌이키기에 얼마나 더 큰 표징이 필요한지 파티마의 성모 발현에서 똑똑히 읽었습니다. 그러나 주변을 둘러보면 작은 기적은 끊임없이 일어나고 있습니다. 성모님, 신통한 이야기 하나 들려드리겠습니다. 성전 터에 꺾꽂이한 고구마 줄기가 가뭄에도 뿌리를 내려 싱싱하게 자라고 있습니다. 믿음이 있으면 기적은 우리 주변에서 항상 새로운 사건으로 다가옵니다.

성모님, 지난겨울 원주에 처음 와서 산천이 온통 눈으로 뒤덮인 풍경을 보았습니다. 전설의 치악산을 가까이 두고 거룩한 성지 배론을 배경으로 오로지 은세계를 펼치는 것은 성모님의 순결을 새기라는 가르침으로 알았습니다. 그러나 그게 전부가 아니었습니다. 싱그러운 5월, 나날이 푸르러 가는 산야는 경이롭고, 어머님의 품이듯 포근하여 안기고 싶은 심정입니다.

성모님 지난 어버이날에는 꽃 한 송이 달아 드리지 못했습니다. 아직 성전도 비좁습니다. 그럼에도 매일 바치는 기도 속에서 항상 친절하게 만나 주십니다. 파티마 발현 101주년이 되는 내년에는 저희들도 새 출발이 될 것입니다. 새 성전에서, 새로 마련한 성모 동산에서 당신을 모시고 씩씩하게 걸음을 옮길 것입니다.

흥업 성전

당신의 빛은
스테인드글라스를 투과하여
벽에 보랏빛 그림을 띄웁니다
저희 마음은 줄곧 대림절 기다림으로 설렙니다
왼쪽 천장의 기울기를,
저희의 간절한 기도를 전구하여 주시는
성모님의 자애로 받듭니다
그 가운데 당신의 십자가는
비눗방울처럼 날아다니는
세상의 편견과 불신을 날려버립니다
저희의 목이 칼칼한 날은
눈비로 적셔주시고
그림 대신 깊은 묵상으로 이끄십니다
이때, 당신의 오른손은 하늘을 가리키고
왼손은 안수할 때의 영으로
저희의 머리를 스칩니다

동산 체류

하느님, 동산으로 이끌어 주신
은혜에 감사드립니다
당신의 영에 닿고자 말씀을 새깁니다
새소리, 물소리, 바람소리 속에서
당신을 만납니다
산이 다가서면 시간을 두고
비유의 끈을 잡은 채
천천히 돌아갑니다
동산에 머무는 시간은 느긋합니다

해설

경계인의, 현상과 본질에 이르는 탐색 미학

– 신중혁 시집 『해맞이 광장의 공정』

최경호(시인, 평론가)

경계인의, 현상과 본질에 이르는 탐색 미학
신중혁 시집 『해맞이 광장의 공정』

최경호(시인, 평론가)

1. 여섯 번째의 시집

신중혁 시인의 여섯 번째 시집 『해맞이 광장의 공정』(2020)을 만나게 된 것은 하나의 기쁨이다. 시인은 〈현대시학〉으로 등단했지만 청소년 시절 이미 〈학원〉에 시를 발표하여 고 박곤걸 시인과 함께 촉망되던 시기가 있었음을 기억한다. 그간 소식이 적조하였는데 대구에서 강원도 원주로, 원주에서 서울로 거처를 옮긴 터였고, 2015년 다섯 번째 시집 『나무의 변증』 이후 다시 70 편에 가까운 시를 묶었으니 그간의 열정을 짐작하겠다.

시인의 시를 대한 것은 시집 『상수리나무의 잠』(1985), 『말씀』(1988)이었고, 시를 직접 언급한 것은 2011년 경 어느 시평에서 「갈밭촌 사람들」에 관한 평설을 붙인 것이 처음이었다. 그리고 2018년 제2회 도동문학 수상작인 「자비심」을 깊이 읽었고, 다섯 번째 시집 『나무의 변증』을 거쳐 이번에 여섯 번째 시집 『해맞이 광장의 공정』은 해설을 맡게 되어 그의 작품 세계를 조금 깊이 들여다 볼 기회가 생겼다. 그 간의 시차가 컸던 것은 사실이다. 그러나 이번 시집이 가장 최근의 작품이고 이전의 시 세계를 포용하는 의미가 있다는 점에서 그 중요성이 인정된다. 「갈밭촌 사람들」의 첫행 '어둠에 감기는 산자락'과 끝행의 '방문 앞에 앉아 이승을 지킨다'는 행간에서 노년의 쓸쓸함과 적요(寂寥)함을 말한 적이 있고, 「자비심」에서 수묵의 정서가 발견된다는 것은 우연함이 아니라는 생각이 든다.

또 하나의 전제는 전자의 두 시집에서 시인의 시적 포에지 또는 철학적 뿌리가 자연과 신앙에 바탕을 두고 있음을 희미하게나마 알게 되었다는 것이다. 시차가 컸다는 것과 건성으로 읽었다는 미안함을 전제로 하면 시인은 어느 듯 경계인으로 살고 있음이 포착된다. 그러나 경계인이란 좌고우면하는 삶이 아니라 그 모두를 초탈한 생사, 선악, 정사(正邪))를 포용하는 조화로운 초인의 경지다. 그것은 구체적인 현상을 통해 본질에 이르고자 하는 하나의 추상화적 산책이다. 그것은 시인으로서 절박한 요구이며 도달하여야 할 미지의 낯선 시 세계가 엄연한 것으로 우리 앞에 어떤 비틀린 세계가 전개될 것인가는 우리의 관심을 끄는 흥미로운 일이다. 왜냐하면 그것은 반드시 담대한 것일 필요는 없으며 사소하고 무관심한 파편들을 통해 본질과 현상의 상호 연관성과 전환성으로 피어

날 때 시가 던지는 의미는 각별한 것이기 때문이다.

2. 봄과 생명체

시인은 봄을 맞아 생명체의 환희와 그 변화에 대한 감동을 잔잔하게 받아들인다. 가로수 지지대의 구박을 뚫고 나오는 민들레, 그리고 산수유, 개나리 등에서 생명체의 희열을 맛보는 것이지만 호드기, 노고지리의 노래가 들리지 않는 것(「봄 · 설명회」)은 섭섭한 일이다. 봄의 길목에서 당신의 영을 만나고 할머니의 사랑과 우두령 고개의 진달래, 우이천의 잉어, 방울토마토, 언덕 집의 포플러 등 주변의 자연현상에서 생명체의 위대한 생동을 발견한다. 그러나 보다 더 큰 변화는 「매남동 흑백 동영상」에서다. 화전 일구며 다랑논과 배냇소 팔아 손자 공부시키던 할아버지가 살던 그곳에 숙원인 대학이 들어서고 연구실에 불이 켜져 있는 변화가 노인의 동영상으로 그려진다. 그것은 새로운 결실이요, 봄의 환희다.

떡갈나무 숲에 수런대는 소리 들린다. 매지천 하동들, 멱 감다 고의 챙겨 입고 토란대 우산 받쳐 들었다. 비를 긋는다기보다 장난기가 발동한 셈이다. 노인은 천둥소리가 겁나 처마 밑으로 들었으나 채마 밭 해갈이 시름을 덜어 마음은 한없이 푸근하다. 소나기 그치면 꼴 한줌 베어 송아지 앞세우고 돌아온다. 배냇소는 어느 새 중간 소로 자라서 목에 두른 풍경소리 한가롭고 바지게 풀 다팔 다팔 발걸음도 가볍다.

(「배남동 흑백 동영상」 부분)

강릉 가는 길 어디쯤
동해 벼랑 철쭉
한 다발 꺾어 바칠 때
수로부인 안면에 스쳐간 수줍음
덧니 가리고 웃던 그 모습
영산홍 질편한 언덕에서도
볼 수 있을까
영변 약산 진달래
변덕스런 날씨 봄이 오는데
우산 받치지 않아도 괜찮을까
우두령 고개
해마다 오붓한 진달래 마을
혈통의 고삐 사려 얹고
뒷짐 지고 내려올 수 있을까

(「우두령 진달래」 전문)

시 「자비심」을 이렇게 해체해 보자. 무엇이 자비 또는 자비심인가를.

전체 13 행인 시는 4개의 의미 단락으로 나눌 수 있다.

- 수묵–화선지–대해에–이르다
- 쪽빛 물감–마음–창공을–얻다
- 벌–향기–새로운 화두–잠착하다
- 무봉의 천–물방울–대해에–보태다

–이르고, 얻고, 잠착하고, 보태는 것의 성취 또는 도달하고자 하는 변화가 무엇이기에 이렇게 간절한가. 시의 자아가 천의무봉(天衣無縫)의 시인이다. 시단(詩壇)은 상상력, 알레고리의 대해(大海)다. 나의 시가 한국시단에 하나의 물방울로 보태는 것이다. 크게 보면 예술행위는 열고 얻고 잠착하고 보태는 자비의 행위다.

수묵이 흐르다가
경계에 이르러 화선지 빗장을 뽑고
대해를 향해 가슴을 연다
쪽빛 물감을 떨어뜨려 그 한 방울이
마음에 닿아서
창공을 다 얻는 것이다
벌은 꽃술에 내려
발자국 소리가 나도 고개를 들 줄 모르고
향에 깊숙이 박혀 있다
꿀이 아닌 새로운 화두에 잠착하는가보다

무봉(無縫)의 천을 몸에 두르고
토란 잎 위의 물방울을 찍어
한 땀 한 땀 대해에 보태는 것이다

(「자비심」 전문)

표제시 「해맞이 광장의 공정」은 분배의 공정이다. 해맞이 광장에서 왜 공정을 상상했을까. 환희의 광장에서는 누구도 행복할 자유가 있다. 분배도 공정이고 공정함은 인간을 배려하는 사랑이다. 약골이 된 삼촌의 유년은 젖이 일찍 떨어져 생장에 문제가 생긴다. 분배, 자비심, 약자에의 배려 등은 '그 분의 자비심과 가르침'에 연유한다. 육신이 이순 또는 종심에 이르면 그 분의 말씀에 근사하여 언어적인 상처, 선악을 원융되게 수용한다. 시인에게 자비심은 도달이며 치유, 소통 ,적응, 화해와 공정에 있다. 귀가 순해지며 마음 가는 대로 행동해도 법의 테두리를 벗어나지 않는다. 현실의 구체적 현상에서 인간이란 무엇인가의 본질적 물음에로 접근한다. 그것이 신중혁 시인의 추상화이며 자비심의 범주다.

3. 수용과 망설임

물길을 따라가다 보면 여러 크고 작은 현상과 사건을 만나게 된다. 우시장을 가려면 우두령을 넘어야 한다. 반도를 종단하던 3번 국도는 철원에서 끊기고 다시 더 갈 수 없다. 동강에서 어죽을 먹던 시대 사람들은 행복했으나 그 행복은 신흥 갑족들에 의해 깨어진다. 법은 민초를 위한 것인데 법의 시대가 열리지 않는 것은 왜 그런가. 시인은 풍자극 「개장수」에서 밑바닥 인생의 애환과 사랑의 몸짓을 통해 어둠의 현실을 목도한다. 눈의 경우도 시인의 첫눈과 손자가 군대에서 겪는 첫눈의 느낌은 다르다. 연륜이란 게 그렇게 사람을 이색지게 만든다. 변화를 수용해야 하지만 그것을 수용하는 나는 사물과 현상이 점차 타자화되는 것을 느낀다. 삶이란 흘러가는 물길과 같다. 좋은 일도 나쁜 일도 만나고 때로는 충돌한다. 그러나 그것은 파편이거나 일상에서 부수되는 작은 가지들이다. 자아가 저항하거나 분노해야 할 대상은 아니다. 단지 변화를 대하는 자아의 망설임이 있을 뿐이다. 그것은 관조의 세계이며 달관의 경지가 아니면 어려운 정신세계다.

방패가 되어야 하는 '法'이
물막이 보에 와서 찰랑대며
물보라를 튕기다가 솜방망이를 적시고
징을 울려도 막이 오르지 않는다

(「물길을 따라가면」 부분)

4. 일몰의 이미지

로버트 D. 던햄은 〈노드롭 후라이와 비평방법〉(1978)을 말하는 자리에서 사람의 일생을 물의 양상, 하루의 시간, 사계와 상관지어 말한 적이 있다. 노년은 가을, 저녁, 강의 이미지다. 시인의 시에는 일몰과 강에의 산책이 자주 등장한다. 노년의 경계선은 영일과 일몰의 사이에 있다. 영일에서 해맞이의 설화「연오랑과 세오녀」를 상기시킨다. 연오랑이 일본으로 가서 일본 왕이 되자 신라에서는 해와 달이 빛을 잃어 세상이 어두워진다. 세오녀가 짠 비단으로 귀비고를 짓고 제사를 지내니 다시 해와 달이 나타난다는 양오설화(陽烏說話)다. 설화의 바탕에는 지금의 한일관계를 의식한 측면이 있다.

시인의 상상으로서의 시간 개념은 주로 일몰에 있다.「해넘이」의 일몰은 하루의 일몰이 아니라 나이테 하나 그어놓는 일몰로, 한 해를 보내는 일몰이다. 가슴에는 겨울을 지나고서야 나이테 하나 그어놓는다고 해 고난의 세월임을 드러낸다.「새풍속도」의 할머니는 딸네 집에 살면서 아들네 집으로 장보기 수레를 끌고 간다. 이는 전통의 변화 그 이상의 윤리적 거리감을 느끼게 한다.「등나무 아래」에서 '노인네 파뿌리',「석양에 지다」의 '노인들의 고독'은 일몰의 이미지다. 일몰의 이미지는 언어에서도 나타난다. 말의 민낯을 체득하고 말은 의미보다 말의 맛에 있음을 깨닫는다. 일몰의 이미지는「해질녘의 낚시」에 이어진다. 사소한 여러 현상에서 노년을 절감하고 삶에 대한 회의를 갖게 된다. 때로는 「손가락 연서」라는 소녀의 정서를 떠 올리면서 그 정서를 빌어 젊고 푸른 시대를 환기하지만 「구르는 것이 낙엽뿐이랴」에서는 살아온 과거가 한갓 인생유전이었음을 부인하지 못한다. 「이삿짐」에서 버려야 할 것과 필요한 것이 확연히 구분되고 곤충의 울음조차 소음으로 들린다. 「독거노인」의 소지품인 지팡이, 그릇, 낚시, 여행과 김밥 등의 고독한 이미지가 일몰과 연관된다. 그러한 일상 중에서 가장 빛나는 즐거움은 사문진의 문학 행사에서다. 시인의 자아는 일몰의 단계에서 격물치지에 이른다. 잔잔한 파도가 강변으로 밀려오고 밀려갈 뿐 거기에는 어떠한 욕망이 개재될 수 없듯이 모든 것은 무하유의 경지에 이른다. 그래서 「해질녘의 낚시」는 '채지는 말고 드리우고만 있어야 한다'고 말한다.

잠자리가 낚대에 앉아 있다
노을에 취한 듯
마디가 불그스름하다
낭만을 떠올렸는데
날개가 조금 쳐져 있다

드리우고만 있어라 했다
채지는 말고
수문 근처에서 잉어가 철버덩 하니까
급한 마음에 떡밥을 새로 뭉쳐

첨벙 던지고 나니
동심원 속에 노욕이 맴을 돈다

(「해질녘의 낚시」 부분)

5. 기도와 기도 사이

신중혁 시인의 시정신과 사상의 뿌리는 자연 사랑과 신앙심으로 대별되지만 전체적으로는 인간 사랑의 휴머니티에 있다. 그의 휴머니즘의 근원은 보이지 않는 신의 말씀에 닿아 있다. 「기다림」과 「흥업성전」이 주목된다. 「흥업성전」에서는 시적인 형태보다 마음의 긴장이 문제된다. 성전에 선 자아는 모든 세속적인 실사와 허사를 내려놓을 수밖에 없는 경건함에 이른다. 시 자체도 여타의 시 세계보다 이슬처럼 영롱한 맛이 있다. 억지와 순리의 분별이 눈에 띈다. 「기다림」은 원주 흥업성당에서 성지 배론에서 오실 어머니를 맞이하는 사모곡이다. 그것은 몇 년 간 준비를 하여 완성을 보게 되는 흥업성당과 멀리서 오실 어머니의 만남이 하나의 축복이다. 「기다림」과 흥업성당의 봉헌은 「흥업 성모님」에서 읽을 수 있으니 시인은 천주세계에 머물고자 한다.

산천이 초록을 입는 싱그러운 5월에
어머니, 문안드립니다
저희는 날마다 창가에 앉아

배론에서 오시는 당신을 기다립니다
기도학교 첫 삽을 뜨고
걸음이 뜨음할까 걱정했는데
아기 생각으로
마음을 놓을 수 없는 섬집 엄마처럼
하루도 거르지 않고 찾아주십니다
(중략)
그러나 어머니
어릴 적 단칸방에서 나눈
형제간의 우애는 지금도 새록새록 살아납니다
저희는 오늘도
백만 송이 장미 다발을 엮으며 당신을 맞이합니다
(중략)
희망의 성모 동산에서 뵙겠습니다

(「기다림」 부분)

시인은 강원도 원주 교구에서 또 다른 신앙 체험을 했다고 한다. 천주교 박해시대에 삶의 터전을 옮겨 은둔 생활을 한 교우 마을에 풍수원성당과 용소막성당을 짓고 신앙생활을 이어 온 역사가 100년이 훨씬 넘는다고 한다. 그런 전통 가운데 흥업성당을 새로 건립하고 봉사의 시간을 가진 것은 시인으로서는 더 없는 기쁨이며 성모님을 기다리는 마음은 어머니에 대한 지극한 효심이고 신앙심이다. 가난했던 과거가 불행

이라고 생각되지 않는 것은 물론이다.

변화해야 하는 것은 현대 시인에게 부여된 과제다. 문제는 어떻게 변해야 하는 것인가의 문제이며 그것은 단지 언어의 기의, 기표에 머무를 것이 아니라 현대인의 고독한 정신세계에 깊은 위로와 치유, 두근거림을 주느냐의 문제로 귀결된다. 서정시는 서정시로서의 미학을 지니고 있으며 현대시의 모태 또는 뿌리로 인정해야 한다. 서정시를 꼰대시로 치부하여 젊은 시, 새로운 시, 실험시가 혁명가처럼 완장을 차는 비평 태도보다 시의 공존시대를 선언해야 한다는 생각이다. 다만, 현대인은 가슴에서 단순한 머리로서가 아니라 고도의 첨단과학, 철학, 경제, 노동과 기업 등 융합적 지성에 도달해야 한다는 사실을 인정하고 시의 변화는 불가피한 현실로 받아들여야 할 것이다. 시인의 현실 인식은 사물의 현상에서 본질에 도달하려는 운동의 논리요 변화의 논리다. 시집 『나무의 변증』에서 그와 같은 징후를 보인 바 있다. 과거의 사회, 정신, 자연은 고정 불변의 것이 아니라 변화의 논리 위에 있음을 탐색한 이가 신중혁 시인이다. 그러므로 그의 시는 기존의 존재 양상을 구체적으로 탐색하여 사물의 본질 또는 정신의 본질에 이르는 과정이며 그 발견을 도모한다. 담대한 현상이 아니라 사소하며 잔잔한 자연과 인간에서 모순을 발견하고 어떤 법칙성에 이르려는 진중한 모습을 엿볼 수 있다.

시인은 여섯 번째 시집에서 봄의 환희와 희열이 생명체의 저항임을 발견하고 그와 동시에 일몰의 상상력에 빠지고 있음이 파악된다. 그것은 관조의 세계 달관의 경지라고 할 수 있다. 신의 세계로의 지향은 험난한 현실을 거쳐야만 가능한 일이다. 시인이 현실의 사소한 현상에서 경험하는 의식, 무의식적 산책은 그러므로 존재의 본질로 나아가려는 고뇌요 행동이다. 오래 마음의 끈을 놓을 수 없는 이유는 여기에 있다.

신중혁 시인의 여섯 번째 시집『해맞이 광장의 공정』의 상재를 축하드리며 건강하시기를 바란다.

해맞이 광장의 공정

신중혁 지음

발 행 처 · 도서출판 청어
발 행 인 · 이영철
영　　업 · 이동호
홍　　보 · 천성래
기　　획 · 남기환
편　　집 · 방세화
디 자 인 · 이수빈 | 김영은
제작이사 · 공병한
인　　쇄 · 두리터

등　　록 · 1999년 5월 3일
(제1999-000063호)

1판 1쇄 발행 · 2020년 6월 20일

주소 · 서울특별시 서초구 남부순환로 364길 8-15 동일빌딩 2층
대표전화 · 02-586-0477
팩시밀리 · 0303-0942-0478

홈페이지 · www.chungeobook.com
E-mail · ppi20@hanmail.net
ISBN · 979-11-5860-856-9(03810)

본 시집의 구성 및 맞춤법, 띄어쓰기는 작가의 의도에 따랐습니다.

이 도서의 국립중앙도서관 출판시도서목록(CIP)은 서지정보유통지원시스템 홈페이지(http://seoji.nl.go.kr)와 국가자료공동목록시스템(http://www.nl.go.kr/kolisnet)에서 이용하실 수 있습니다.(CIP제어번호: CIP2020023120)